KB207316

와온 바다

와온 바다

곽 재 구 시 집

창비

차 례

제1부 ___

제1부

시

눈 오시네

와온 달천 우명 거차 쇠리 상봉 노월 궁항 봉전 율리
파람바구 선학 창산 장척 가정 반월 쟁동 계당 당두

착한 바닷가 마을들
등불 켜고 고요히 기다리네

청국장에 밥 한술 들고
눈 펄펄 오시네

서로 뒤엉킨 두마리 용이 빚은
순금빛 따스한 알 하나가
툭
얼어붙은 반도의 남녘 개펄 위에 떨어지네

와온臥溫 가는 길

　보라색 눈물을 뒤집어쓴 한그루 꽃나무*가 햇살에 드러
난 투명한 몸을 숨기기 위해 애를 쓰고 있다
　궁항이라는 이름을 지닌 바닷가 마을의 언덕에는 한 뙈
기 홍화꽃밭**이 있다
　눈먼 늙은 쪽물쟁이가 우두커니 서 있던 갯길을 따라 걸
어가면 비단으로 가리어진 호수가 나온다

　* 멀구슬나무라고 불리며 초여름에 보라색 꽃이 온 나무에 핀다.
　꽃이 진 뒤 작은 도토리 같은 열매가 앵두 열듯 열리는데 맛은
　없다. 겨울이 되면 잎 진 가지에 황갈색 열매가 남는다. 눈이 온
　산야를 덮으면 먹을 것이 없어진 산새들이 비로소 이 나무를 찾
　아와 열매를 먹는다. 남녘 산새들의 마지막 비상식량이 바로 멀
　구슬나무 열매다. 깊은 겨울 누군가를 끝내 기다려 식량이 되는
　이 나무의 이미지는 사랑할 만한 것이다.
**삼베나 비단에 분홍빛 염색을 할 때 쓰인다. 연분홍 치마가 봄
　바람에 휘날리더라, 할 때 연분홍의 근원이 바로 이 꽃이다. 김
　지하 시인은 천연 염색으로 빚어진 한국의 빛들을 꿈결이라고
　말한 적이 있는데, 홍화로 염색한 이 분홍빛이야말로 꿈결 중의
　꿈결이라 할 것이다.

와온 바다

해는
이곳에 와서 쉰다
전생과 후생
최초의 휴식이다

당신의 슬픈 이야기는 언제나 나의 이야기다
구부정한 허리의 인간이 개펄 위를 기어와 낡고 해진 해
의 발바닥을 주무른다

달은 이곳에 와
첫 치마폭을 푼다
은목서 향기 가득한 치마폭 안에 마을의 주황색 불빛이
있다

등이 하얀 거북 두마리가 불빛과 불빛 사이로 난 길을
리어카를 밀며 느릿느릿 올라간다

인간은

해와 달이 빚은 알이다

알은 알을 사랑하고
꽃과 바람과 별을 사랑하고

삼백예순날
개펄 위에 펼쳐진 그리운 노동과 음악

새벽이면
아홉마리의 순금빛 용이
인간의 마을과 바다를 껴안고 날아오르는 것을 보았다

고니

이제부터 그대를
고니라고 부르겠다

눈보라 펄럭이는
화포나루

개펄 위에서
배고픈 청둥오리들이
제 머리통만한 참꼬막 알을 주워 삼킬 때

눈보라가
와온과 거차 포구를 뒤덮고
목 꺾인 갈대들
울음소리마저 다 삼킬 때

한 무리의 흰 새들
극락처럼 그 바다 건너갔다

단 한번 눈보라에 고개 숙이지 않고
단 한번 눈보라에 날개 퍼덕이지 않고
단 한 음절 비명소리 없이

한 무리의 흰 새들
주저함 없이 그 바다의 끝
천천히 헤엄쳐갔다

오늘도 고통의 길 떠나는 그대여
이제부터 그대를 고니라고 부르겠다

젖은 옷소매
핏발 선 두 눈 부비며
먼 도시의 불빛 속 날아오르는 그대여
날아오르다 자꾸만 숨차 주저앉는 그대여

이제부터 그대를
고니라고 부르겠다

백야도에서

작약이 피는 것을 보는 것은
가슴 뜨거운 일

실비 속으로
연안여객선이 뱃고동과 함께 들어오고

붉은 꽃망울 속에서
주막집 아낙이
방금 빚은 따뜻한 손두부를 내오네

낭도 섬에서 빚었다는 막걸리 맛은 융숭해라
파김치에 두부를 말아 한입 넘기는 동안

붉은 꽃망울 안에서
아낙의 남정네가
대꼬챙이에
생선의 배를 나란히 꿰는 걸 보네

운명의 과녁을 뚫고 지나가는 불화살

늙고 못생긴 후박나무 도마 위에 놓인
검은 무쇠칼이 무심하게 수평선을 바라보는 동안
턱수염 희끗희끗한 사내가
추녀 아래 생선꿰미를 내걸고 있네

작약이 피는 것을 보는 것은
가슴 뜨거운 일

물새 깃털 날리는 작은 여객선 터미널에서
계요등꽃 핀 섬과 섬으로 연안여객선의 노래는 흐르고

대꼬챙이에 일렬로 꿰인 바다
핏기 말라붙은 어족의 눈망울 속
초승달이 하얗게 걸어들어가는 것을 보네

나무

인간인 내가
인간이 아닌 나무에게
음악을 들려주고 싶을 때
나무는 고요히 춤을 춘다

모르는 이들은
만행 중인 바람이
나무의 심연을 헤적인 거라 생각하지만
사실 나무는 제 앞에 선 인간에게
더덕꽃 향기 짙은 제 몸의 음악을
고요히 들려주고 싶은 것이다

나무는 춤을 출 때
잎사귀 하나하나
다른 춤의 스텝을 밟는다
인간인 당신이 나뭇잎 속으로 들어와 춤을 출 때
외로움을 느끼지 않도록

그러다가 홀연 당신 또한
온몸에 푸른 실핏줄이 퍼져나간 은빛 이파리가 된다

인간이 아닌 나무가
인간인 내게
시를 읽어주고 싶을 때
나무는 고요히 춤을 춘다

세월이 흘러 나무가 땅에 누우면
당신도 나란히 나무 곁에 누워
눈보라가 되거나
한 소쿠리 비비새 울음이 된다
먹기와집 마당을 뒤덮는 채송화 꽃밭이 된다

사랑이 없는 날

생각한다
봄과 겨울 사이에
무슨 계절의 숨소리가 스며 있는지

내가 좋아하는 것과
싫어하는 것 사이에
벌교 장터 수수팥떡과
산 채로 보리새우를 먹는 사람들 사이에
무슨 상어의 이빨이 박혀 있는지

생각한다
눈 오는 섬진강과 지리산 사이에
남과 북 사이에
은서네 피아노학원과 종점 세탁소 사이에
홍매화와 목련꽃 사이에
너와 나 사이에

또 무슨

병은 없는지

생각한다
꽃이 진 뒤에도
나무를 흔드는 바람과
손님이 다 내린 뒤에도
저 홀로 가는 자정의 마을버스와
눈 쌓인 언덕길
홀로 빛나는 초승달 하나

또 무슨
병은 깊은지

나한전 풍경

고물 선풍기가
밤새 돌고 있는 그 나한전에는
부처님이 좌정할 연꽃방석 같은 것은 없어서
할 일 많으신 부처님 모실 생각은 애시당초 없고
간혹 시궁쥐나 길고양이의 울음소리만
텅텅 목어를 두드리다 가는데

낮 동안
살과 뼈를 다 벗긴 이 집의 나한들이
밤이 되면 천도복숭아 하나씩 들고 돌아와
월세 십오만원 선풍기 바람 아래 눕지요
이때만은 고물 선풍기도
아주 선선한 별빛을 바람 속에 섞어 날리기도 하는데

세평 반지하 나한전 앞에는
그 흔한 목백일홍 꽃나무 하나 서 있지 않고
돌구시 위 쪼르르 떨어지는 대나무통 물길 하나 흐르지
않고

피곤에 전 나한들의 꿈만 번져가는데
그때 손톱에 봉숭아물 보기 좋게 들인
나한의 손 하나가 바로 곁에 누운
기름때 밴 보살의 손을 슬며시 잡는 모습이 보이는데요
아마도 흰 소를 타고
이승의 제일 맑고 시원한 호수로 소풍 가는
꿈을 꾸는 것은 아니겠는지요

그때 그 꿈 언저리에
목백일홍꽃들 수북수북 피어나고
월출산 도갑사 대웅전 앞마당에 놓인
아주 씩씩하고 잘생긴 돌구시 위로
쪼르륵쪼르륵 산물은 극락처럼 또 흘러내리는 것은 아니
겠는지요

수선화

열두살이 될 때까지
나는 할머니 젖을 만지고 놀았다

할머니 젖은
까맣고 쪼글쪼글한데

어떤 날은
산머루 같기도 하고
산오디 같기도 해서

입을 앙 벌리고
한입 덥석
베어 물기도 했는데

마당귀
갓 핀 수선화꽃들
입 앙앙 벌리고

한입만 줘
한입만 줘

노랗고 환한 그 소리들
참 듣기 좋았는데

돼지감자꽃 필 무렵

왕대를 엮어 만든 그 집의 사립문 앞에는
윤사월 내내 돼지감자꽃 환하게 눈 트여
숙맥인 노란 꽃 앞에 앉아 이런저런 이야기 하염없이 나
눌 만했다
사립을 매단 돌각담 한 귀에는
초록색 페인트가 벗겨진 편지함이 기우뚱 매달려 있는데
해 질 무렵 갈대밭을 헤매다 온
붉은머리오목눈이 한마리가
편지함 안으로 쏙 들어가는 것이었다

하늘 길

여자만에서

　머리칼 희끗희끗한 사내들이 바위투성이 선착장에서 전
어를 구워 소주 추렴을 하고 있다 길이 끝나는 곳의 마을
이름이 봉전이나 달천이라는 것을 알게 된 것은 스무살의
가을날이었다 먹기와집 샘가에서 한 바가지 샘물을 얻어
마시고 터벅터벅 산두밭 길을 따라 걸으면 구름 속의 길로
꽃상여가 지나갔다 밤하늘 억새꽃밭은 또 얼마나 아름다운
지 인간의 길이 끝나면 하늘의 길로 이어진다던 상여소리
가 밤길 내내 환했다

산조

석류꽃
불볕 속 툭툭 떨어지는 한낮

쇠리댁 할머니
우두커니
꽃나무 쳐다보네

그때 석류나무는
두 팔 환히 들어
꽃그늘을 우명이나 창산 마을까지 펼치는데

그늘 아래 드신
할머니

옥양목 버선 벗고
지팡이 곁 하얀 뼈 나란히 눕혀

한세상

못다 한 꿈
고요히 잠재우시는 것이었다

붉은 시전지

부용리 마을회관
시멘트 벤치 앞에 차 세우고
가스불 피워 라면을 끓입니다
이따금 방목하는 염소도 지나가고
동천다려 민박집 진돗개 봉순이도 지나가고
멀구슬나무 열매 쪼던 콩새들 까르르 웃으며 지나가고
부산이나 광주 번호판 단 승용차들 때 없이 지나가는
길가에 쭈그려앉아 라면 가닥 익기를 멀거니 기다립니다
그러다가 마을회관 앞 늙은 동백나무 한그루가
툭 꽃망울 하나를 길 위에 떨굽니다
예나 지금이나 부용리 동백나무 숲길에는
떨어진 동백꽃들 지천이어서
떨어진 동백꽃 하나 보고
라면 한 가닥 입에 넣고
동백꽃 하나 눈 맞추는 동안
청별항 뱃고동 소리 길게 들어오고
여기저기 떨어진 동백꽃
세월은 절로 가고

떨어진 동백꽃 눈 맞추는 동안

나 역시 저 늙은 동백나무처럼

붉디붉은 사랑의 시 한편

이 지상에 툭 떨굴 날 부끄러이 생각해보는 것입니다

우명牛鳴

산오동나무

꽃가지 위에

별이 하나 머물고 있다

밤 내내 별과 꽃나무의 거리는 멀어지겠지만

멀어질수록 별은 꽃나무의 향기를 기억하기 위해

거친 숨소리를 산과 바다에 뿌릴 것이다

시퍼런 어둠 속에 꽃나무와 별의 살냄새만 진동할 것이니

방황의 시작과 끝이

소 울음소리 침침한

언덕 마을의 불빛에 있다 할 것이다

밀어

달천에서 상봉 오는 길에 돌개바람이 불었다
주꾸미구이집 플라스틱 의자가 바람에 날아갔다
나무들에서 푸른색 열매가 우수수 떨어졌다
나무와 바람은 억센 포옹을 하는 듯도 보인다
저런 식의 밀어도 우두커니 사랑스럽다
어린 열매를 다 떨군 뒤에도 바람은 나무 곁에 머물며 해
와 달의 비늘을 반짝일 것이다

숲길

숲은
나와 함께 걸어갔다

비가 내리고
우산이 없는 내게
숲은 비옷이 되어주었다

아주 천천히
나의 전생이 젖어드는 것을 느꼈다

숲의 나무들은
자신들의 먼 여행에 대해
순례자에게 얘기하는 법이 없었다

세상의 길 어딘가에서
만년필을 잃은 아이가 울고 있을 때
울지 말라며 아이보다 많은 눈물을 흘려주었다

목적지를 찾지도 못한 내가
눈보라 속에 돌아올 때도

숲은
나와 함께 걸어왔다

노란색 택시

눈이 내리네
노란색 택시가 지나가네

노란색 택시가 지나가는 동안
근처의 눈밭은 노란색으로 빛나네

건너편 길가에서 우두커니 택시를 바라보던
늙은 은행나무 한그루도
벗은 온몸이 반짝 노란빛으로 빛나네

까페 후두둑의 유리창 앞 인도에서
꽃다발을 안은 당신이 우스꽝스러운 몸짓으로 넘어질 때도
노란색 택시가 지나갔네

택시 한대가 세상을 노란빛으로 바꿔놓았어
당신의 중얼거림도 노란빛으로 빛났네

얼음으로 빚은 따뜻한 술병들이

샤갈의 마을의 밤 주점을 들썩이고

세번째 네번째의 당신이 노오랗게 미끄러지며
보도 위에 입맞춤하네

노란색은 사랑이 시작되는 빛깔
사랑 쪽으로 몸을 눕힌 생명들의 온도

노란빛의 흉터 한 묶음을 안고 지나가는
당신의 뒤로 눈이 내리고

노란빛의 도시가
노란빛의 환호가
우리 영혼을 흔드네

제2부

마리화차*

국경 마을 낡은 여관집
유리창에 서리가 내렸다
유리에 바른 낡은 습자지 한 귀에 매달린 거미줄
아침 첫 햇살에 고요히 몸을 떠는데
먼 여행 떠났나 주인은 보이지 않고
데즈루나야라고 부르는 뚱뚱한 여급에게
물 한 잔을 받아와 마리화차를 우려낸다
해방되던 해 박인환이 종로통 어디엔가 냈다던 마리서사
새 조국의 아침을 맞아 젊은 시인이 처음 한 일이
서점을 내는 일이었다는 것은 유쾌한 일
서가에 꽂힌 어린 활자들의 꿈이 재스민꽃 향기처럼
새 역사 속으로 스며나가길 그는 바랐을 것이다
자작나무 잎사귀 바람에 펄럭이는
두만강까지는 여기서 이십리 길
국경 마을 여관집 창가에 서서
마리화차를 마시는 동안 잠시 역사의 슬픔을 잊어도 좋다
마소들이 마른풀 뜯는 산모퉁이 돌면
눈에 뜨뜻하게 차오르는 아침 두만강을

섬진강이나 보성강 바라보듯
그곳 모시조개 잡는 아낙들의 발그레한 볼 바라보듯
서럽게 보아 좋은 것이다

* 재스민꽃을 말려 만든 차.

개산툰

두만강 가에 자리한
작은 그 마을은
호박넝쿨
초가지붕 뒤덮고

과꽃이랑
족두리꽃이랑
찰옥수수 수염이랑
다들 사이좋게 어울렸는데

돌각담 밑
등 기대고 앉아
강 건너 북한 마을 바라보고 있노라면
신기하게도
아이들 떠들고 노는 소리가 들려

고구려 적 파란 하늘
쩌렁 금 가게 할 듯

굳어버린 마음의 돌눈물들
치자꽃빛으로 되살아나게 하는 듯
땡땡땡 학교종이
아이들의 뛰노는 소리와 함께 들려

길은 남으로도 북으로도
이어지지 않는데
강 건너 아이들의 뛰노는 소리에
두 눈 가득 소금기 치밀어오르는 개산툰

회벽 바른 초가 마당 안에서
조선족 할머니가 참외 먹으라고
자꾸만 불러대는 개산툰

청진에서 온 젓갈
중국 동포 김철 시인의 시에 부쳐

나도
청진에서 온 젓갈 맛보고 싶다
과꽃 늦핀 가을날
자전거 탄 우편배달부가
도장 주세요 청진에서 소포 왔어요
큰 소리로 부르는 소리 듣고 싶다

겉보리 서말만 있어도
바닷가 갯마을로 시집가지 않는다고
가마 타고 가던 날 아침
퍽도 많이 울었다던 누이야
눈두덩이가 복숭아만큼 부풀어올랐다는 누이야

지금은 어디에 살고 있는지
사리원에 살고 있는지
원산에 살고 있는지
아니면 삭주 구성 가랑잎처럼 몸 편히 뉘었는지

누이야
바닷가 마을에 시집가 살면서도
새우젓 한 통 부쳐오지 않는 누이야
오십년 넘게 편지 한장 이 빠진 사진 한장
부쳐오지 않는 누이야
청첩장도 부고장도 소식 없는 누이야

나도 청진으로 소포 부치고 싶다
외갓집 개울에서 잡은 토하젓이랑
목포 창란젓이랑 진도 돌미역이랑
충무 앞바다 성게알젓이랑 함께 넣어

누이야
청진으로 시집간 누이야
나도 네게 그리운 소포 부치고 싶다

끄라스끼노

국경 마을의 햇빛은
자작나무 이파리 위에서 푸르다
끄라스끼노
여기서 북쪽으로는 블라지보스또끄와 우수리스끄가 나
오고
여기서 서쪽으로는 훈춘과 도문 연길이 나오고
여기서 남쪽으로는 나진 선봉 청진이 나온다지
동쪽으로는 끝없이 푸른 북태평양
붉은 벽돌 위 아직도 레닌의 초상화가 남아 있는
국영상점에서는 한국산 라면과 식용유가 팔리고
올해 아홉살 러시아 소년이 다가와
담배 한 개비만 달라고 손을 내민다
개펄 내음 씽씽 번지는 바닷가에서
해삼을 말리고 있는 조선 사내의 원적지는 회령
선 굵은 함경도 사투리로
남선과 북선이 왜 하나 될 수 없는가 묻는다
할 말이 없는 나는
회령에 친척들이 남아 있는가 묻고

홀어머니와 할아버지가 살아 계신다며
그는 눈물을 글썽인다
그래도 일년에 한번 식량과
돈을 마련해 고향땅을 밟을 수 있는 자신은 행복하다고
헤어지며 그는 내 손에 장백산 담배 한 갑을 쥐여주었다
끄라스끼노
백년 전 이쪽 땅에 둥지를 틀었던
흰옷 입은 사람들 흔적은 없고
타지크스탄에서 우즈베키스탄에서 카자흐스탄에서
그보다 더 멀리는 흑해 연안에서
말 잃고 글 잃고 재산과 노력영웅 칭호도 다 잃은 사람들
얼굴빛만 그대로 남아 원동 땅으로 돌아오는데
끄라스끼노
국경 마을의 햇살은
살빛 맑은 바닷가 모래 위에 빛난다

두메양귀비

천지 올라가는
길에서
내게 눈길 한번 주지 않던 꽃

사랑스러운
전설 대신
얼음가루 섞인
바람을 뿌려주던 꽃

1달러만 주세요
두만강 건너온 아이들
눈동자 속에
노오랗게
노오랗게
피어 있던 키 작은 꽃

살구꽃 핀 날

돌실 영감네
토종닭들
새 병아리 쳤다

아무도
모이 주지 않고
둥지도 만들어주지 않았는데

저네들끼리
들로 강으로 쏘다니다
호젓한 숲덤불
사랑 둥우리 지어놓고

살구꽃
활짝 핀 날
노랑 병아리 세마리
깜장 병아리 네마리 데불고
집으로 들어왔다

약천리 허상갑씨가 굴비 식사를 하고 난 뒤

약천리 허상갑씨는
육이오 때 인민군도 다녀오고
국군에도 다녀온
특이한 이력이 있는데요

마을에서 제일 부자인
청송 심씨 종손 댁 큰머슴을 살다가
주인 아들 대신
인민군에 다녀왔겠지요

낙동강 전투에서
패잔병이 되어
터벅터벅 걸어서 고향 마을까지
혼자 돌아왔는데요

이번에는 주인 아들의
국군 영장이 나와서는
영락없이 또 국군에 들어갔겠지요

전쟁 다 끝나고
허상갑씨 집으로 돌아왔을 때
주인댁에서 한상 걸게 차려냈는데
잘 구운 법성 굴비 한마리를
꼬리부터 뼈 하나 남김없이 다 먹은 뒤에
소 몰고 곧장 들로 나갔지요

자운영꽃 수북하게 핀
논을 갈아엎으며
이러이러 땅 보니까 힘 난다
전쟁놀음 같은 건 한순간에 잊었지요

나룻물 강생원의 뱃삯

나룻물 강생원은
젊어서 제월리 나루터의
뱃사공이었지요

남원 장 보러
옥과 입면 사람들
강생원 배를 타고
섬진강을 건넜는데요

배가 남원 땅에 다 닿으면
장꾼들에게 꼭 이렇게 말하지요
어 참 봄볕도 좋다
돌아올 때 꽃 한짐 꺾어오시오

이를테면
그 말이 곧 뱃삯이었는데
장 보고 오는 동네 사람들
돌아오는 길에 진달래꽃 꺾고

살구꽃도 꺾고
수선화꽃이랑 조팝꽃도 실컷 꺾어서는
한아름씩 강생원에게 주었겠지요

한 배 가득
장 보따리와 꽃다발을 싣고
다시 강을 건너며
나룻물 강생원은 꼭 이렇게 말하지요

어 참 꽃 좋다
어 참 세상 이쁘다

돌실 영감의 소달구지

돌실 영감은
논 스무마지기에
밭도 스무마지기를 버는
면내에서 알아주는 한량인데요

한창때는
행랑채에 머슴 셋을 두고
축음기에서 흘러나오는
이화중선이나 임방울 소리에 흘랑 빠졌겠지요

좋은 세월 다 흘러
함께 죽장 짚자던 할멈도 길 떠나고
줄 잇던 자식들도 어찌어찌 세상 떠나고
혼자 남아 평생 해본 일 없는
논농사 밭농사 직접 부치는데요

논밭에 나설 때면
운치있게 꼭 소달구지를 타고 나서지요

달구지에 농협 막걸리 두 병 싣고
귀에는 이어폰을 척 꽂았는데요
호주머니 한쪽에 넣어둔
휴대용 녹음기에서 흘러나오는 음악이
지금도 이화중선과 임방울인지는 아무도 모르겠지요

죽순

액자 속에서
그가 웃고 있다

이마의 주름살과
흰 수염 사이로 스며든 햇살의 윤곽에서
그가 이승에서 건너려 했던
강의 모습을 추측할 수 있다

분향소의 사람들이
액자 속의 그와 짧은 눈맞춤을 하는 동안
상주는 무릎을 꿇고 엎드려 있다
그의 등 위에 내려앉는 촛불의 어룽거림 속에
잠시 극락의 모습이 보이는 것도 같다

곡성군 목사동면 연화리
나는 그의 마지막 주소를 안다
물앵두꽃 환히 피고
물안개가 밥솥의 김처럼 솟아오르는 강마을이다

물안개 십리 길

조각배를 젓고 가며

그와 하루종일

죽순을 꺾었던 날이 내게도 있었다

윤삼월

금창초꽃
밭둑 위에 수부룩 피고

쑥꾹 쑥꾹
산새 우는 한낮

흐르는
시냇물에
양말을 빨았다

거기 머물던
구름

구름의 마음까지
흠뻑 머금어

그대
떠나는 길 위에도

몇 송이 구름꽃 필 것이다

여뀌꽃밭에 사는 바람

여뀌꽃밭에 사는 바람은
키가 작고
얼굴도 작고
손도 작아서

내가 그이의
작은 손을
가벼이 잡을라치면

마른 풀밭 위
무릎을 접어야 하는데

그때쯤엔
그이 또한 환히 웃으며
내 눈썹 위
어린 초승달 하나를 띄우기도 하지

무화과

먹감색의
작은 호수 위로
여름 햇살
싱싱하다
어릴 적엔 햇살이 나무들의 밥인 줄 알았다
수저도 없이 바람에 흔들리며 천천히 맞이하는 나무들의
식사시간이 부러웠다
엄마가 어디 가셨니?
엄마가 어디 가셨니?
별이 초롱초롱한 밤이면
그중의 한 나무가
배고픈 내게 물었다

선암사 은목서 향기를 노래함

내 마음이 가는 그곳은
당신에게도 절대 비밀이에요
아름다움을 찾아 먼 여행 떠나겠다는
첫 고백만을 생각하고
당신이 고개를 끄덕인다면
그때 나는 조용히 웃을 거예요
알지 못해요 당신은 아직
내가 첫여름의 개울에 발을 담그고
첨벙첨벙 물방울과 함께 웃고 있을 때에도
감물 먹인 가을옷 한벌뿐으로
눈 쌓인 산언덕 넘어갈 때도
당신은 내 마음의 갈 곳을 알지 못해요
그래요 당신에게
내 마음은 끝내 비밀이에요
흘러가버린 물살만큼이나
금세 눈 속에 묻힌
발자국만큼이나
흔적 없이 지나가는 내 마음은

그냥 당신은 알 수 없어요
알 수 없어요

두 손을 모으세요

두 손을
모으세요

고요히 떨어지는
빗방울들을 드리지요

두 손을
모으세요

수수꽃다리 꽃잎을 물고 오는
새소리를 드리지요

두 손을
모으세요

가을은 깊고
호수의 밤은 푸르른데

두 손을
모으세요

아무도 없는 그곳
밤 기차의 기적소리를 드리지요

꽃이 새가 되고
새가 노래가 되는

얼굴 하나를
드리지요

파란 가을의 시

가을에는
먼 길을 걷습니다
파란 하늘을 보며 걷고
파란 강물을 따라 걷고
언덕 위의 파란 바람을 따라 걷습니다

가을에는
마주치는 이의 얼굴도 파랗습니다
염소를 몰고 가는 할머니의 주름살도 파랗고
계란이 왔어요 번개탄이 왔어요
장돌림 봉고차의 스피커 목소리도 파랗습니다
바닷가 마을에서 잠시 눈인사를 나눈 우편배달부의 가방 안엔
파란 편지와 파란 파도소리가 가득 담겨 있지요

가을에는
먼 길을 천천히 걷습니다
걷다가 파란 나무를 만나면

파란 나무를 사랑하고
파란 뭉게구름을 만나면
파란 뭉게구름을 사랑하고
파란 거미줄과 파란 달빛을 만나도
금세 사랑에 빠지지요

아, 저기
파란 징검다리 위로
파란 얼굴의 가을의 신이 건너오고 있습니다
그에게 파란 가을의 시를 들려주기 위해
나 또한 징검다리 위로
파란 바람처럼 건너갑니다

제3부

산티니케탄*

해는
달 속에서 뜨고

달은
해 속에서 뜨고

해는 솟아올라
저무는 달에게
챔파꽃 레이를 걸어주고

달은 솟아올라
저무는 해에게
라마야나 이야기를 들려주네

어린 꽃들은
코끼리 등 위에서 피어나고
어린 코끼리들은
어린 꽃들의 이마 위에서 잠들고

서로 사랑하다가
서로 웃다가

꽃이 피고
저녁이 오고

어린 새들이
별과 별 사이를 날아다니고

* 숲과 호수, 작은 강으로 둘러싸인 인도 서벵골 주의 평화로운 마
  을. 타고르 시인의 꿈을 기리는 타고르 국제대학이 있다.

입적 入寂

늙은 재봉사가
1930년 영국산 재봉틀 앞에 앉아
낡은 옷을 깁는다
아슈바타* 맑은 이파리가
춤을 춘다
그의 아버지가 재봉틀 앞에 머물 적에도
나무는 자신의 가슴 안에 들어 있는
신비한 새들의 노랫소리를 들려주었고
재봉틀은 시냇물처럼 노래했다
늙은 재봉사가 바느질을 멈추고
새소리를 듣는다
밖은 어디이고
안은 또 어디인가
낡은 옷을 살피는 동안
밝음과 어둠이
번갈아오고
늙은 재봉사가 새소리에 푹 파묻힌다
재봉틀이 바람에 펄럭인다

* Ashvattha. 산스크리트어로 보리수나무를 뜻한다. 슈바타는 내일이라는 뜻, 아슈바타는 내일까지도 가지 못한다는 말.

이국異國의 호숫가에서 늙은 노동자와 탁구 치기

당신의 광대뼈와 목울대를 껴안아주고 싶었지
묵은 등피를 찢고 쏟아져나온 새봄의 꽃향기 같아
공장의 높은 굴뚝에서는 한평생 붉은 연기가 솟구치지
당신과 나 어떤 운명의 궤적으로 서로 만난지 모르지만

호숫가에서 불어오는 바람을 토닥토닥 받아넘기며
나는 당신의 전생을 생각하고
당신은 내가 떠돌아다닌 국경 마을의 허름한 마구간과
염소 들을 생각하지
하루 300루피의 방값을 나누어 내기로 하고
어젯밤 우리가 낡은 나무침대 위에 나란히 누웠을 때
나는 호수의 배들이 흰 꽃을 수북수북 신고 어디론가 떠
나는 꿈을 꾸었지
이른 아침 호숫가에서 당신을 만났을 때
나는 꽃을 실은 배를 보았나요?라고 물었고
당신은 내게 물 냄새 가득한 흰 꽃 한 송이를 건넸지
우리는 함께 노란 콩을 삶은 아침을 먹고
구름과 석유와 바그다드에서 죽은 당신의 동생 이야기를

했지

  순한 풍차 같아
  왼손잡이인 당신

  강하게 날아오르는 시간의 하얀 궤적을
  당신은 부드러운 바람으로 받아넘기지
  한평생 선한 땀과 피 속에 뼈를 담근 이만이 빚어낼 수
있는
  고요한 바람 앞에서
  나는 시간이 사라져가는 소실점을 보았네
  한평생 사랑한 글리세린 내음과
  한평생 사랑할 허름한 노래가
  끊임없이 테이블 위를 오가는 동안
  깊게 융기한 당신의 광대뼈와 목울대 사이 어디엔가
  내가 떠나야 할 또 하나의 노래의 국경이 있음을 보네

론디니

론디니는 열다섯살인데
십오년 동안 맨발로 살았다
짜이 가겟집 딸 론디니가
다즐링차를 끓여내는 동안
프란틱 기차역에서 오는 열차의 기적소리가 들렸다
론디니는 프란틱 역에 한번도 가지 못했다 한다
베이징도 빠리도 쌘프란시스코도 토오꾜오도 알지 못한다
토기잔 속 다즐링차는 맑은 갈색인데
문득 론디니의 까만 발이 찻물 위에 찰랑찰랑 떠오른다
챔파꽃이 피면
론디니와 함께 릭샤를 타고 프란틱 역에 갈 것이다
론디니의 까만 발이 환하게 웃는 동안
프란틱 역에서 오는 열차의 기적소리가 들린다
십오년 동안 기적소리만 들은 론디니의 발은 까맣다

화가

그의 이름은
타판 치트라 카르 포투아
먼 미드나푸르에서 왔다고 한다
낡은 삼베 가방 안에서
그가 그린 그림들이 쏟아져나왔다

아침에 일어나 그림을 그리고
밥을 먹은 다음에 그림을 그리고
더우면 호수에 들어가 멱을 감고
다시 나와 그림을 그린다고 한다

소가 풀을 뜯을 때도 그림을 그리고
원숭이가 숲 사이를 뛰어갈 때도 그림을 그리고
샛별이 흙냄새 풍기는 추녀를 기웃거릴 때까지
그림을 그린다고 한다
잠에서 깨어 첫 햇살에 기도를 드리고
붓을 잡을 때가 제일 행복하다고 한다

그의 이름은
타판 치트라 카르 포투아
미드나푸르에서 버스를 타고
기차를 두번 갈아타고 왔다고 한다

비하르에서 오는, 짐승과 함께 타는 그 기차를 나는 안다
열차 한 칸에 백명인지 이백명인지 알 수 없는 사람들을
태우고
흉흉한 열차 강도 소식에 시도 때도 없이 시달리며
어둠속으로 빨려들어가던 밤 기차의 누런 기적소리를 나
는 안다

다섯달은 그림을 그리고
한달은 떠돌며 그림을 판다고 한다
처음 들른 마을의 외양간에서 소와 함께 잠을 자고
날 밝으면 다른 마을로 떠난다고 한다

그의 이름은

타판 치트라 카르 포투아
아직 그림 한점 팔지 못했고
오늘 밤은 호숫가 서낭당에서 잘 거라고 한다

낡을 대로 낡은 그림 가방을 등에 메고
그가 석양 속으로 떠나는 동안
시를 쓰고 살았다는 지상의 내 이력이 부끄럽고 부끄러
웠다

처음

두마리 반딧불이 나란히 날아간다
둘의 사이가 좁혀지지도 않고
말소리가 들리지도 않고
궁둥이에 붙은 초록색과 잇꽃색의 불만 계속 깜박인다
꽃 핀 떨기나무 숲을 지나 호숫가 마을에 이른 뒤에야
알았다
아, 처음 만났구나

수순隨順

소가 길 위에 떨어진 노란색 꽃을 먹는다
음악대학의 교사에서 여학생들이 타고르의 시를 노래하
는 동안
원주민 마을에서 결혼 축제가 펼쳐진다
열네살 먹은 신부는 비하르에서 왔다고 한다
까만 이마와 콧등에 땀방울이 송글송글 맺혀 있고
헤나 문신을 한 손등의 꽃무늬가 파르르 떤다
삼월 중순인데 무등산에는 잣눈이 왔다고 한다

구근이

구근이는 밀가루 빵에 삶은 감자 양념을
쌈 싸듯 먹는 것인데 화덕에 구운 밀가루 빵의
지름은 밝은 보름날 보름달의 지름과 어슷비슷하다
내가 시를 쓰는 동안 해가 지고
구근이 가게의 아낙이 밀가루 빵 세개에
한 국자의 감자 양념을 부어주면
나는 시 쓰는 것을 멈추고 맨손으로 구근이를 먹었다

반얀나무

캘커타에서
바라나시로 가는 일등 열차 안에서 만난
그 노인은 샹그릴라라는 성을 가지고 있었다

밤 아홉시가 되자
노인의 수행원은
노인에게 자리에 누울 것을 권했다
간디 안경을 쓴 노인은
안경 뒤에서 잠시 내게 웃는 것처럼 보였고
나는 캄보디아의 밀림에서 본 반얀나무를 생각했다

수백수천의 갈라터진 뿌리로 땅을 움켜쥔
그 나무의 발을 보며
나는 발이라는 존재가
이렇게 경건히 빛날 수도 있는 것이라는 생각을 했다

노인의 수행원은
캘커타 은행의 지점장이었고

샹그릴라는 왕족의 성을 의미한다고 말했다
밤 열한시가 되자 열차의 창밖으로 달이 솟아올랐고
캘커타에 들르면 자신의 집에서 수영을 해도 좋다고 얘
기한
나와 동갑인 수행원은 먼저 자리에 누웠다

나는 창밖의 달을 보다가
모포 한장을 두른 채 바위처럼 고요히 앉아 있는
노인의 희미한 정적을 바라보곤 했다
나는 노인처럼 밤을 새워도 좋을 것이라는 생각을 했고
칙칙한 검은빛으로 뒤엉긴 숲속에서 하얗게 빛나던 그
나무의 뿌리를 생각했다

새벽 세시 문득 창밖의 까만 어둠들이 부끄러워지면서
나는 노인을 닮고 싶다는 미망을 버리고 자리에 누웠다
그때 노인이 한 손을 들어
어머니의 자장가처럼
내 배를 가볍게 다독여주는 시늉을 했다

나는 일찍이 사람이 나무뿌리 같은·걸 사랑할 수 있다는
생각을 한 적이 없다

나무뿌리 또한 사람을 사랑할 수 있으리라는 한심한 생
각 따윈 하지 않을 것이다

이날 밤 나는 사람이 나무를
사람이 밤 열차의 쓸쓸한 뿌리를
사람이 먼 밤하늘의 별과 별들의 노래를
사람이 사람을 사랑할 수 있다는 생각을
그 노인의 빛나는 뿌리를
누운 채 바라보며 생각했다

풀밭

비와
밤의
격렬한 사랑이 지나간 뒤

아침 국경 마을에
페르시아의 보석 상인들이 모여들었다

마을의 풀밭들이
신비한 하지정맥류를 앓고 있다

물방울 모양의 보석들을
한알 한알 햇살에 비춰보며
페르시아의 상인들은

인샬라
인사를 하고

초승달 모양의 부리를 지닌

노란 새가 한마리

밤과 비가 빚은
손거울만한 호수 위에
자신의 모습을 새기고 있다

우리 곁을 흘러가는 따뜻한 일초들

미스티 가게 앞
자전거를 멈춘 연인들은

세월이
잠시 그들 곁에
멈춘 것을 알지 못하지

페달 위에 올려진
푸른 밤의 발 하나

죽은 시인의 언어들이
페달 위에서 가벼운 탄식을 올리는 동안

남은 한 발이
지상의 가장 성스러운 장소와 입맞춤하네

한초
한초

우리에게 남은 시간들은 흘러가지

당신이 내게
내가 당신에게

보낸
한초 한초를 신고

우리는 또
반딧불이 날아오르는 산티니케탄 대로를 달려가지

보순토바하*

내 꿈속에 꽃이 핀다면
저런 형상으로 필 것이다

신이 내 꿈속의 마을을 방문한다면
그는 바로 저 빛깔의 사리를 입고 올 것이다

누군가 내 꿈속에서
지상의 별들을 모두 잠재울 노래를 부른다면
그는 바로 저 눈빛으로 우리를 바라볼 것이다

하루의 노동을 끝내고
아기를 잠재운 어머니들이
비로소 떠나고 싶은 한세상이 있다면
그것은 바로 저 꽃의 순결한 그늘일 것이다

동무여, 가난한 내 노래는
한 잔 2루피 찻집의 호롱불보다 침침하고
환멸과 탄식으로 가득 찬 내 영혼은

그믐의 조각배 위에 위태롭게 출렁거리나니

언젠가 한번 꼭 피거든
이 꽃만큼만 피어라
언젠가 한번 빛을 죽음이거든
이 꽃만큼만 처절하게 시들어라

* 봄의 말, 또는 봄의 노래라는 뜻을 지닌 꽃나무. 느티나무만큼
  큰 꽃나무에 노란색 꽃이 만개한다.

부겐빌레아

꽃이 필 때 아무 소리가 없었고
꽃이 질 때 아무 소리가 없었다

맨발인 내가
수북이 쌓인 꽃잎 위를 걸어갈 때
꽃잎들 사이에서 고요한 소리가 들렸다

오래전
내가 아직
별과 별 사이를 여행할 때
그 소리를 만난 적 있다

세월이 가고
눈물과 눈물 사이로 난
헐벗은 강을
당신과 내가 손잡고 건널 때에도
고요한 그 소리는 들릴 것이다

당신은 아세요?

당신
비 그친 뒤 새소리가
왜 초록빛인 줄 아세요?

망고나무 아래 우두커니 서 있는
짜이 장수의 짜이 맛이
빗방울 속에서 더 깊어지는 이유를 아세요?

비가 내리는 동안
풀밭의 소가
한마리도 보이지 않는 이유를 아세요?

폭우 속을 달려가는
릭샤왈라의 흙집에
몇명의 아이가 누워 있는 줄 아세요?

그중의 한 아이가 릭샤왈라가 되기 위해
아버지의 낡은 릭샤 안장에 처음 앉았을 때

한참 짧은 아이의 다리를 보며
아버지가 처음 한 말이 무엇인지도요?

당신
빗방울보다 더 많은 사람들이 탄 밤 열차가
보르드만을 지나 어디로 가는지 혹 아세요?

기적소리
젖을 대로 다 젖은 그 열차가
한밤 내내 우두커니 철교 위에 멈춰선 이유를 아세요?

비 그친 뒤
나무 이파리들이
우체국 창 앞에서 춤추는 이유를 아세요?

저녁 바람 속에
한 소쿠리의 챔파꽃 향기가 스며 있는 걸
당신, 아세요 모르세요?

당신이 고요히 앉아
시를 쓰는 챔파꽃 나무 아래
어젯밤 내내 내가 서성였음을
당신은 또 아세요?

릭샤 위에서 나는 인사를 하네

릭샤 위에서
나는 인사를 하네

지는 해에게
짜이 가게의 나무 타는 냄새들에게

어질게 살려 마음먹었으나
더 어지러워지는 마음들에게

꽃밭이 아닌 곳에
꽃을 피운 꽃에게

떠돌이로 살려 했으나
한번은 한자리에 머물고 싶었네

흐르는 개울가
촛불 밝힌 집

작은 종이배처럼
시간 속에 흐르는 꿈을 보고 싶었네

릭샤 위에서
나는 인사를 하네

낮에 꽃이 떨어진 자리에게
갓 피어난 서쪽 하늘 별들에게

엽서를 보냈으나
돌아오고 말았던 주소들에게

그립고
그립지 않았던
모든 그날들에게

플래시 불빛으로 시를 쓰던
눈 오는 겨울밤의 그 어린 소년에게

구름의 항구
라탄팔리에서

그가 듣고 있는 카세트에서
음조를 알 수 없는 노래들이 쏟아져나오고
그가 멈추어 선 만두가게에서 짙은 향신료 내음 배어나
오지
그가 나에게 어디서 왔느냐? 묻고
내가 Korea라고 말하자 두 눈을 크게 뜨고
내 집도 Korea라고 말하네
놀란 내가 정말? 하고 묻자 큰 눈 밝게 웃으며
'전생'이라 말하네
나는 전생에 인도에서 살았고
그는 전생에 조선에서 살았으니
함께 산 시간의 궤적은 일치하지 않으나
지금 우리는 따스한 눈 대화를 하네
빨간 사리를 멋있게 입은 긴 속눈썹의 그에게
문득 노래의 속과 속을 거쳐온
꽃 한 송이 건네고 싶은
이곳은 또 어느 구름의 항구인가

제4부

라빈드라나트 타고르를 생각하며 1

해 질 무렵
달을 따라 걸으며
그를 생각하네

강마을엔
저녁 짓는 연기
아늑하게 피어오르는데

강둑에서 만난
작은 소녀
자꾸만 손가락으로 하늘을 가리키네
몇번이나 하늘을 보아도
아무것도 보이지 않고

나는 벵골말을 모르고
아이는 한국어를 모르니
그저 손가락으로 하늘을 가리키다가
함께 웃을 뿐

어두워진 강둑길을
달을 따라 터벅터벅 걸으며
문득 다시 하늘을 바라보니

아름다워라
별들 사이
시를 쓰고 있는
라빈드라나트 그 사내가 보이네

라빈드라나트 타고르를 생각하며 2

라빈드라나트,
지금은 해가 졌다오
무거운 발걸음 끌며
불가촉천민의 마을을 지나는데
눈매 서늘한 한 아낙이
댓잎에 싼 탈리를 주고 가네
감자와 열대과일과 굳은 밥알이 함께 섞인
한 끼 식사를 외양간 곁에 서서 먹네
그대여, 그대 또한 감자 섞인
저녁 탈리 한술 드셨는지
드시고 서녘 하늘 별 많은 그 강마을을
천천히 산책도 하시는지
강 건너 마을의 저녁 불빛들 맑디맑은데
아직 돌아오지 않는 소년의 이름을 부르느라
엄마의 목소리는 챔파나무 숲을 크게 흔드는데
 그대여, 길 걸으며 시를 쓰는 일 점점 외로워지는데
 그대여, 길 걸으며 누군가를 깊게 사랑하는 일 점점 쓸쓸
해지는데

칠카하르

당신이 나를 이곳에 오라 불렀나요? 칠카하르, 어두운 불빛들이 이제 막 도착한 새벽 열차를 향해 뽀얀 입김을 불어넣어주고 송장처럼 나란히 누운 산 사람들의 막막한 꿈을 바라보고 있네 길, 시간, 운명, 세월…… 사랑했지만 뜻대로 되지 않았던 삶의 눈망울들은 파란 밤하늘 곳곳에 땀띠처럼 솟구치고 어디선가 또 한 무리의 사람들이 거적을 끌며 오네 너무 많은 것을 당신에게 주고 싶었고 그보다 많은 것을 당신에게 받고 싶었습니다 그것이 병이라는 것을 오랜 시간이 지난 뒤에 알았지요 천천히 새벽 열차는 다시 어둠속으로 들어갑니다 그 어둠속에 송장처럼 누워 바람이 기차의 레일을 쓰다듬는 소리를 듣습니다 칠카하르, 당신에게서 아무것도 기대하지 않는 법을 배웠습니다 그것이 삶이라면 난 차라리 당신에게 어둠이 레일 위에 튀기는 고요한 불꽃들을 보여드리지요

* 네팔과 가까운 인도의 국경 도시.

적빈寂貧 1

반딧불이들이 모여든 나무는 크리스마스트리 같다
호숫가의 두 칸 흙집 새 아기 울음소리가 우련 짙다
별똥별의 긴 꼬리에서 배내똥 냄새가 난다
소쩍새 울음소리가 찰랑찰랑 호수를 채운다

적빈 2

보름달 아래 아이들이 삶은 콩을 팔고 있다
호수에 비친 달빛이 파랗다
나뭇잎 접시에 담은 삶은 콩은 3루피
얼굴 까만 사람들이 삶은 콩을 먹는 모습을
보름달이 물끄러미 바라보고 있다
새끼 염소가 젖을 빠는 소리가 보리수나무 잎사귀를 흔
든다
난 언제 당신에게 3루피 밥 한 끼 지어줄 수 있을까
2루피 누룽지 한번 만들어줄 수 있을까
1루피 시 한편 써서 읽어줄 수 있을까
나뭇잎 접시 위의 삶은 콩이 반짝 빛난다
하늘의 별 중 누군가 3루피를 들고 내려왔기 때문이다

적빈 3

야간열차가 지나가는 마을에는
별들이 물을 마시는 작은 호수가 있다
보라색 물뱀 한마리가 별빛을 물고
각기 다른 마을로 떠나는데
이는 이별을 위한 것이 아니다
만석인 야간열차가 천천히 호수 속으로 들어가는 동안
작고 하얀 염소 한마리가 하늘로 날아오른다
호수 속 몇 정거장을 더 지나야
소와 돼지와 수선화와 인간의 땀 들이 함께 춤추는
국경 마을에 이르는 것인지
아무도 알지 못했다

적빈 4

옅은 보라색 감자꽃이 지평선 끝까지 피어 있다
낮달이 꽃향기를 맡느라 하늘 한가운데 멈추어 섰다
그곳까지 가기엔 멀지만 괜찮다
지평선 끝에서 기다리는 하늘
색색의 사리를 입은 아낙들이 바구니 가득 갓 캔 감자를
이고
태양 속으로 난 붉은 길을 걸어간다
그곳까지 가기엔 멀지만 괜찮다

적빈 5

늙은 소의 잔등 위에
까마귀 한마리가 앉아
저무는 들판을 바라보네

맨발인 아이들이 연을 날리는
불가촉천민의 마을을 지나
우물가에서 생선 내장을 씻는 아낙들을 지나
감자꽃 핀 밭두렁길 터벅터벅 지나

허물어진 벽돌집 담장 곁에 쭈그려앉으니

언제부터
나를 기다렸을까
보랏빛 자주달개비꽃 한 송이

세월이여
그렇게 사랑이 온다면
적멸의 시간 내내

이 별의 귀신들은 슬프지 않을 것이다

적빈 6

달걀
두개
사들고 오는 길

호숫가에
가로등 불은 없지만
반딧불이들 지천이네

이승은
부질없었으니

다음 생엔
반딧불이로 태어나야겠네

적빈 7

풀들이
제 몸 끝에
별 하나씩 붙들고
이승의 끝까지 걸어간다
순례자가
오체투지를 멈추고
얼굴을 풀밭 위에 부빈다
풀과 인간이
함께 껴안고
우는 아침

구근이 가게 앞 벵골보리수에게

내일이면 모두반니에 간다
강가사가르 급행열차의 삼등칸에는
나의 이름이 대기자 명단에 들어 있다
아주 짧은 여행이다
닷새 후면 나는 돌아온다
닷새 후면 돌아온다고 말하는데
나무의 긴 팔 하나가 나를 붙든다
나무 이파리들이 한숨처럼 가벼이 흔들린다
작은 벌레들이 나무 이파리의 가장자리를 고요히 갉고
있다
우리는 떠나가는 것도 아니지만
한몸으로 바람 앞에 뒹구는 것도 아니지만
서로를 바라보는 인연의 눈이 있다
시체를 먹어치우는 어떤 인도의 신은 평생 이 나무 아래
살았다고 한다
시체를 먹을 엄두를 내지 못하는 나는 이 나무 아래서 시
를 쓴다
시체를 먹은 신은 세상을 끝없이 창조하고

어떤 생의 핍진한 시체도 먹지 못하는 나는
내일이면 새 기차를 탄다
강가사가르 급행열차가 나무와 나의 먼
이정표 사이를 달리며 긴 기적소리를 울려줄 것이다
서로 연결된 끈은 지니지 못해도
시체를 하루 세 끼 먹을 열정은 지니지 못해도
너는 가난한 내 시를 기억하고
너와 나는 함께 떠나지 못하는
세상의 어느 곳이든 함께 있는 마음 안에 머물 것이다

옥수수

구워도 먹고
삶아도 먹는다
삶기 전에
소가 오면
얼른 소에게 준다
늙은 소가 웃는다

밤길

반딧불이들이 소곤거리는 소리가 들렸다
종리꽃*이 피었다
종리꽃이 피었다
처음 본 꽃의 이름 때문에
잠들지 못한 밤들이 당신에게 있었을 것이다
하양과 보라색 꽃들이
빚은 은하수
눈물로 세수를 하고 싶은 밤이
당신에게 있었을 것이다

* 목백일홍의 벵골어.

호수

그 화가는 오오사까에서 왔다고 한다
밤의 호수 길을 그가 걸어갈 때면
반딧불이 몇마리가 길을 밝혀주는 것을 보았다
먼 옛날 그의 어머니의 어머니가
반딧불이였을지도 모른다는 생각을 하는 동안
내 앞길에도 반딧불이 두마리가 춤을 추며 날아오르는
것이었다
먼먼 옛날 나의 어머니의 어머니 또한
이곳 호숫가에서 뜨내기 반딧불이를 만나
밤새 사랑을 나눴을지도 모른다

분홍색과 파란색 별들이 반짝이는 이유

초록빛과
연보랏빛
반딧불이 두마리가 새로 태어났다
자신과 다른 빛의 반딧불이들과
함께 살아가는 것이 세상이라고
나이 든 별들이
어린 반딧불이들에게
밤새 얘기해주는 것이었다

카트만두 가을 저녁 일곱시의 시

삼겹살 파티가 끝난 뒤
그들은 설산을 넘어 레로 갔고

홀로 남은 그는
캘커타로 갔다

로컬버스를 타고
야간 비행기를 타고

날아가는 방향은 각기 달랐지만
밤하늘의 별은 고요히 빛났다

우리가 하루에도 서른번씩 마흔번씩
서로 헤어지는 이유는

덜 사랑하기 때문이 아니라
지상의 시계판 위에 가을 저녁 일곱시가 있기 때문이다

그들은 그들을 미워했고
우리는 우리를 미워했다

나무들의 몸을 떠난 낡은 잎들이
오랫동안 국경 마을을 떠돌고
흰 눈이 내리고
그해 태어난 강아지들이
눈 덮인 초등학교 운동장에 분주히 발자국을 찍는 동안

봄이 오고
새로 핀 꽃가지들과 함께
당신은 또 카트만두로 갈 것이다

하루에도 서른번씩 마흔번씩
서로 사랑하고 아파하며

물속의 빵을 나누다가
더욱 견고해지거나 부스러질 것이다

체험의 시적 변용
최두석

우리의 현대 시문학사가 증명하는 바이지만 나이 들어서 좋은 시 쓰기는 힘들다. 순정하면서도 치열한 시정신을 나이 들도록 견지해나가기 어렵기 때문이다. 그러므로 젊은 날 잠시 휘황하게 빛났던 시인보다 청춘 시절부터 노경에 이르기까지 뜻깊은 시적 변모를 보인 시인에게 나는 더욱 경의를 표한다. 치열하게 살다 요절한 시인들의 시가 뿜어내는 광휘도 휘황하지만 격동하는 세파의 소용돌이에 난파되지 않고 생애를 두고 정신을 단련하며 벼린 시편들이 주는 감동은 각별하다.

삶의 진실과 밀착된 아름다운 시를 쓰며 한 생애를 사는 것은 많은 시인들의 꿈일 것이다. 그런데 살아낸 것보다 많이 쓰다 보면 시의 행간에 시인의 땀과 피와 정신이 스며들 겨를이 없다. 이미 시로 우려낸 체험 혹은 소재는 재탕 삼탕 할 수도 없다. 아마도 나이 든 시인이 가장 경계해야 할

점이 새로운 탐구 없는 자기복제일 것이다. 짐작건대 시인 곽재구의 양심은 이러한 사태를 참을 수 없게 만들고 그것이 십여년을 기다려 새 시집 『와온 바다』를 내게 된 이유일 것이다.

직접체험이든 간접체험이든 체험은 시 쓰기의 토양이 된다. 시적 변용에 상상력이 작용하는 정도는 시마다 차이가 있겠지만 체험과 아주 무관한 시는 이 시집에서 발견되지 않는다. 역으로 체험과 연결시켜 시상을 전개시키려 부단히 노력하는 모습은 도처에서 발견된다. 아마도 다음에 인용하는 시는 시인이 가장 오래 묵혀둔 체험에서 우러나온 시일 것이다.

먹감색의
작은 호수 위로
여름 햇살
싱싱하다
어릴 적엔 햇살이 나무들의 밥인 줄 알았다
수저도 없이 바람에 흔들리며 천천히 맞이하는 나무들
의 식사시간이 부러웠다
엄마가 어디 가셨니?
엄마가 어디 가셨니?
별이 초롱초롱한 밤이면

그중의 한 나무가

배고픈 내게 물었다

　　　　　　　　　　　　　　　──「무화과」 전문

　시인의 유년 시절의 체험이 짙고 깊게 녹아들어 있는 시
이다. 그는 부모와 함께 화목하게 사는 유년기를 보내지 못
했고 한동안 꼴머슴살이를 한 적도 있다. 그러니까 "엄마가
어디 가셨니?"라고 "나무가/배고픈 내게 물었다"는 시구의
행간에는 시인이 유년기에 느꼈던 외로움과 흘렸던 눈물이
스며들어 있다. 참으로 오래 묵히고 발효시킨 체험이라 하
겠다.

　근래에 소설 쓰듯이 시를 쓰는 경향이 하나의 흐름을 형
성하고 있다. 다성적 주체라는 말로 시적 자아의 진실성을
괄호 치고 넘어가려 하고 있다. 요즈음 시인들의 다산성은
놀라울 정도인데 그러한 다작에 가장 큰 장애가 시적 자아
의 진실성일 터이다. 인용한 시 「무화과」의 시적 자아는 시
인 자신이 깊숙이 투영된 존재이다. 소설적 허구로 창조된
인물이 아닌 것이다. 개인적인 취향인지는 모르겠으나 시
인이 시적 자아를 책임지려 하지 않는 시는 잘 읽히지도 않
고 읽어도 감동의 여운이 없다.

　물론 시적 창조에는 상상력이 작용하게 마련이고 그러기
에 허구가 개입되게 마련이다. 어린 '나'에게 실제로 무화

과나무가 말을 걸어왔느냐고 물을 필요는 없을 것이다. 엄마가 아니고 나무와 대화할 수밖에 없는 아이의 외로움과 배고픔이 진실이면 되는 것이다. 그런 면에서 무화과나무는 참으로 적실한 설정이다. 넓고 두꺼운 잎은 햇살을 나무의 밥으로 여기는 상상에 잘 어울리고 열매는 배고픈 아이에게 얼마나 유혹적인 간식거리인가. 더구나 제대로 익기 전에 따 먹게 되기 쉬운 열매에서는 젖빛 유액마저 나온다.

직접체험으로 시를 쓸 경우 시적 자아의 진실성 확보는 어렵지 않다. 호수에 비치는 햇살을 보고 "어릴 적엔 햇살이 나무들의 밥인 줄 알았다"고 말하는 「무화과」속의 '나'를 시인은 온전히 감당하고 있다. 하지만 한 시인이 살면서 시로 쓸 만한 체험을 얼마나 많이 할 수 있겠는가. 아무래도 소재가 시인 자신의 직접체험 언저리를 벗어나지 못하면 풍요로운 시세계는 기대할 수 없을 것 같다. 시인 자신과는 다른 삶에 대한 깊은 관심과 넓은 이해는 좋은 시인의 기본적인 덕목일 것이다.

약천리 허상갑씨는
육이오 때 인민군도 다녀오고
국군에도 다녀온
특이한 이력이 있는데요

마을에서 제일 부자인
청송 심씨 종손 댁 큰머슴을 살다가
주인 아들 대신
인민군에 다녀왔겠지요

낙동강 전투에서
패잔병이 되어
터벅터벅 걸어서 고향 마을까지
혼자 돌아왔는데요

이번에는 주인 아들의
국군 영장이 나와서는
영락없이 또 국군에 들어갔겠지요

전쟁 다 끝나고
허상갑씨 집으로 돌아왔을 때
주인댁에서 한상 걸게 차려냈는데
잘 구운 법성 굴비 한마리를
꼬리부터 뼈 하나 남김없이 다 먹은 뒤에
소 몰고 곧장 들로 나갔지요

자운영꽃 수북하게 핀

논을 갈아엎으며

이러이러 땅 보니까 힘 난다

전쟁놀음 같은 건 한순간에 잊었지요

     ──「약천리 허상갑씨가 굴비 식사를 하고 난 뒤」전문

 사실과 허구 사이가 시적 창조의 공간이라 할 때 인용한
시는 실화의 비중이 큰 경우이다. 육이오 와중에 주인집 아
들 대신 인민군이 되었다가 다시 국군이 된 머슴 이야기는
아무래도 사실로 읽힌다. 시인은 한때 전남 곡성의 섬진강
변 군지촌정사에 집필실을 마련한 적이 있는데 그 집 머슴
이야기이다. 그 이야기가 창조적 변용을 거쳐「약천리 허상
갑씨가 굴비 식사를 하고 난 뒤」와 같은 다소 긴 제목의 시
로 된 것이다. 아마도 굴비 식사나 쟁기질의 삽화에는 시인
의 상상력이 효과적으로 실감나게 작용하였을 것이다.

 이 시의 주인공은 당연히 '허상갑씨'이다. 그리고 '~지
요'나 '~데요'와 같은 어투를 통해 시적 자아는 숨고 이야
기 화자가 전면화된다. 시인은 화자로서 허씨에 관한 이야
기를 하며 새로운 방식으로 육이오전쟁과 사회적 불평등의
의미를 묻고 있다. 남북 문제와 불평등 문제는 이 땅의 온
갖 삶의 문제와 깊이 연관되어 있다는 점에서 다양한 해석
이 가능한 시라 하겠다.

 그런데 구사일생으로 돌아온 자가 굴비 식사 후 쟁기질

이라니! 사회적 문제가 무엇이든 먹고사는 일은 엄연하다고 시인은 숨어서 말하고 있다. 그것을 말하기 위해 '굴비 식사를 하고 난 뒤'가 제목 속에 들어가 강조된 것일 터이다. 그런데 왜 허씨는 쟁기질을 하필 "자운영꽃 수북하게 핀/논"에서 하는가. 아름다운 것을 추구하는 시인의 과도한 개입일까. 과도하다고 보이지는 않는다. 아름다운 것을 가까이 하고 싶은 것은 맛난 것을 먹고 싶은 것처럼 인간의 본성이기에.

인용 시는 다른 사람의 체험을 시적으로 승화시키는 한 방법을 보여준다. 요체는 시적 자아를 숨기고 시의 화자를 내세우는 것이다. 시인 자신의 감정이나 사유의 개입을 자제하면서 '허상갑씨'에 대한 이야기를 풀어내는 데 골몰하는 자세를 취하고 있다. 결구 부분 "이러이러 땅 보니까 힘난다/전쟁놀음 같은 건 한순간에 잊었지요"에서 시인의 개입을 감지할 수는 있지만 화자의 역할 수행을 원활하게 하는 수준에 멈춘다. 이럴 경우 시적 자아는 사람살이를 깊고 넓게 이해하고자 하는 시인과 구분되지 않는다. 즉 다른 사람의 체험을 소재로 삼아 썼으되 시적 자아의 진실성은 의심할 여지가 없다.

나의 신조에 불과할지 모르겠지만 시인이란 자신의 말을 삶으로 감당해야 할 운명을 수락한 자이다. 시 속의 말을 시인의 삶이 배반할 때 시적 자아의 진실성은 훼손되게 마련이다. 뒤집어 말하자면 시인의 삶에 뿌리내리지 않은 시속의 말은 허황한 것이 된다. 우연히 들은 것이든 취재를 통해 알아낸 것이든 다른 이의 삶을 소재로 삼을 경우 시적으로 육화시키는 과정이 필요하다. 그러한 과정을 거치기에 간접체험이라는 말을 쓸 수 있겠는데 인용 시의 화자는 육화 혹은 변용의 과정 속에서 형성된 존재이다.

'허상갑씨'와 마찬가지로 시인에게도 먹고사는 문제는 엄연한 현실이다. 오늘날 이 땅에서 엄밀한 의미의 전업 시인은 없다. 그리고 그것이 타당하다는 게 나의 생각이다. 시 쓰기 자체가 생활이 되는 상황보다는, 생업과 결부된 생활을 디디고 시를 쓰는 것이 좋다고 본다. 시인 곽재구의 경우 십여년에 걸쳐 동화나 산문을 써서 전업 작가로서의 살림을 꾸려나가기도 하였다. 하지만 그러한 삶이 시를 쓰는 데 활력이 되기는 어렵다. 그리하여 생계와 결부된 새로운 삶의 근거를 대학 강의에서 찾았고 시집의 표제가 된 '와온바다'는 시인의 일터 가까이에 있는 바다이다.

보라색 눈물을 뒤집어쓴 한그루 꽃나무가 햇살에 드러난 투명한 몸을 숨기기 위해 애를 쓰고 있다
궁항이라는 이름을 지닌 바닷가 마을의 언덕에는 한 떼기의 홍화꽃밭이 있다.
눈먼 늙은 쪽물쟁이가 우두커니 서 있던 갯길을 따라

걸어가면 비단으로 가리어진 호수가 나온다

—「와온臥溫 가는 길」 전문

　와온은 순천만에 있는 갯마을 이름이고 마을 앞에는 드넓은 개펄이 드러나는 바다가 있다. 섬이 많은 곳이라서 지명의 뜻에 부합되게 안온한 느낌을 주는데 시인이 일을 쉴 때 즐겨 찾는 곳이다. 그 와온 가는 길에 마주친 아름다우면서도 슬픈 장면을 스케치하듯 쓴 것이 위의 시이다. 풍광이야 아름답지만 갯가의 삶이 어찌 고단하지 않겠는가. 시의 화자는 장면을 보고 묘사하는 자의 태도를 취하면서 불과 3행으로 깔끔하게 처리하고 있다. 본문보다 주석이 더 길다는 점도 이 시의 특징인데 장면 묘사만으로는 아쉬움이 남았기 때문일 것이다.

　도입부에 나오는 "보라색 눈물"은 주석을 참고하면 멀구슬나무의 꽃이다. 그런데 왜 꽃이 눈물인가. 이 은유는 우선 갯바람을 맞으며 어렵사리 피운 꽃이라는 뜻으로 새길 수 있다. 그런데 이어서 등장하는 '홍화꽃밭'과 '쪽물쟁이'의 대비가 심상치 않다. 쪽물쟁이가 하는 일은 비단에 홍화로 연분홍 빛깔을 내거나 쪽으로 쪽빛을 내는 것인데 막상 그러한 꿈결 같은 빛깔을 내는 일을 하는 자의 삶은 신산하기 짝이 없다. "비단으로 가리어진 호수"는 그 쪽물쟁이 영감의 눈물 겨운 일터이니 그러한 장면의 간결한 묘사를 통해 눈물 겨운 아름다움이라는 주제가 구현되고 있다.

이 시에서 쪽물쟁이의 신산한 삶은 구체화되지 않는다. 하지만 그의 생애가 천연 염색이 소멸해가는 시기와 겹친다는 것은 쉽게 짐작된다. 쪽물쟁이의 삶의 내력에 대한 서사 대신 길 가다가 마주친 장면의 간결한 묘사로 처리한 것은 시의 주제를 효과적으로 구현하기 위해서이기도 하지만 시적인 아름다움의 추구와도 무관하지 않다. 여백과 함축의 시적인 아름다움은 너절하거나 구차한 것과는 상극이다. 그리고 그러한 맥락에서 "꽃나무가 햇살에 드러난 투명한 몸을 숨기기 위해 애를 쓰고 있다"는 구절을 이해할 수 있다.

시인의 직접체험은 시의 소중한 소재이지만 그것을 장황하게 늘어놓아서는 곤란하다. 체험의 육화라는 관점에서 볼 때 인용 시에 표면화된 시인의 체험은 와온 가는 길에 있는 궁항 부근에서 꽃나무와 홍화꽃밭과 쪽물쟁이를 보는 것이다. 그러한 풍경을 보면서 눈물 겨운 아름다움을 생각하는 것인데 거기에는 시인의 자의식이 스며들어 있다. 다시 말해 구차한 삶 속에서도 아름다움을 찾는 것이 예술가로서 시인이라는 자의식이 행간에 숨어 있다. 따라서 이 시의 화자는 온전한 의미의 시적 자아이고 시 속에는 시인의 체험이 속 깊이 육화되어 있다.

앞에서 말했듯이 와온 바다는 시인의 일터 가까이에 있

어 수시로 쉬러 가는 곳이다. 실제로 와온에는 그의 지인의 집이 있어 그가 자주 머물기도 한다. 따스하게 눕는다는 지명의 의미도 좋고 풍광도 아름다우니 시인이 애착을 가질 만하다. 그러기에 '와온 바다'를 시집의 표제로 삼은 것이다. 즉 와온은 시인이 편하게 숨 쉬는 안식처이자 시 쓰는 동력을 충전하는 곳이다.

그런데 이 시집에는 또다른 안식처가 있으니 그곳은 인도의 산티니케탄이다. 시인이 최근에 펴낸 인도 체류기 성격의 산문집 『우리가 사랑한 1초들』(톨 2011)에 따르면 산티니케탄은 그에게 생명의 물과 같은 땅이다. 대학의 연구년과 방학을 활용하여 거기에 머물면서 시를 썼으니 시집 『와온 바다』에는 산티니케탄을 배경으로 한 시가 많다.

라빈드라나트,
지금은 해가 졌다오
무거운 발걸음 끌며
불가촉천민의 마을을 지나는데
눈매 서늘한 한 아낙이
댓잎에 싼 탈리를 주고 가네
감자와 열대과일과 굳은 밥알이 함께 섞인
한 끼 식사를 외양간 곁에 서서 먹네
그대여, 그대 또한 감자 섞인

저녁 탈리 한술 드셨는지
드시고 서녘 하늘 별 많은 그 강마을을
천천히 산책도 하시는지
강 건너 마을의 저녁 불빛들 맑디맑은데
아직 돌아오지 않는 소년의 이름을 부르느라
엄마의 목소리는 챔파나무 숲을 크게 흔드는데
그대여, 길 걸으며 시를 쓰는 일 점점 외로워지는데
그대여, 길 걸으며 누군가를 깊게 사랑하는 일 점점 쓸
쓸해지는데
                  —「라빈드라나트 타고르를 생각하며 2」 전문

　타고르를 생각하며 그에게 말하는 방식을 취하고 있는
시이다. 문청 시절의 곽재구는 타고르에 심취한 바 있고 그
가 산티니케탄에 찾아간 이유 또한 타고르의 시를 번역하
기 위해서라고 내세우고 있다. 아마도 그것이 타고르 대학
방문교수로서의 공식적인 명분이었을 것이다. 하지만 더
욱 근원적인 이유는 좋아하는 시인의 고장을 찾아 시를 쓰
는 새로운 돌파구를 마련하는 것이니 그 점은 "길 걸으며
시를 쓰는 일 점점 외로워지는데"와 같은 시구에서 살펴볼
수 있다.
　그런데 길 걸으며 시를 쓴다는 것은 무슨 의미일까. 우선
길을 걸으면서 시상을 떠올린다는 뜻으로 새겨볼 수 있겠

다. 나아가 시인으로서 삶의 길을 걸으며 시를 쓴다는 뜻으로도 새겨볼 수 있겠다. 아마도 이 두가지 뜻이 복합적으로 작용해서 시인은 산티니케탄에 갔을 것이다. 가난하지만 인간미가 살아 있는 곳에 체류하면서 새로운 시를 쓰고 싶었을 것이다. 한국과는 이질적인 사유와 풍속을 체험하면서 시인으로서 새로운 길을 가고 싶었을 것이다.

그러니까 길 걸으며 시를 쓴다는 것을 기행시를 쓴다는 뜻으로 새길 필요는 없을 것이다. 실상 이 시집의 산티니케탄 시편들은 여행자의 시선으로 쓴 기행시가 아니다. 인용시의 경우 외양간 곁에서 탈리를 먹는 장면을 보면 체험의 깊이가 일반 여행자의 것과는 차원이 다르다는 점을 알 수 있다. 아마도 새로운 체험 없이 새로운 시를 쓸 수 없다는 생각이 시인을 산티니케탄에 체류하게 하고, 깊숙이 몸을 담그는 체험이라야 의미가 있다는 생각이 그를 불가촉천민의 마을에 드나들게 했을 것이다.

이 시집의 시들은 시인의 거점을 중심으로 와온 시편과 산티니케탄 시편으로 나누어볼 수 있겠다. 그런데 필자의 개인적인 취향으로는 와온 시편 가운데 마음에 드는 시가 더 많다. 하지만 나이 들어 용맹정진하는 시인 곽재구의 모습은 후자의 시편들에서 더욱 실감나게 살펴볼 수 있다. 낯선 세계에 깊숙이 몸을 담그는 체험을 통해 새로운 시를 찾아나서는 시인의 모습이 시적 자아의 형상으로 육화되어 있기 때문이다. 새로운 길을 찾아가는 시인은 힘들겠지만 시적 자아의 정진하는 모습은 진정으로 아름답다.

崔斗錫 | 시인

와온 바다 가는 길에 꽃 많이 피었습니다. 하양 노랑 분홍 보라……

꽃들의 얼굴은 어질고 착하게 살아가는 우리나라 사람들 얼굴을 닮았습니다.

내가 쓸 맨 나중의 시 한편 또한 그런 얼굴이었으면 좋겠습니다.

머물렀던 일년 반 동안 하루도 빠짐없이 시를 선물해준 산티니케탄 사람들에게도 고마운 마음 드립니다.

그들의 맑은 눈망울과 따스한 마음이 없었으면 이 시집은 태어나지 못했을지도 모릅니다.

2012년 물앵두꽃 환한 철에
곽재구

창비시선 346

와온 바다

초판 1쇄 발행 / 2012년 4월 20일
초판 13쇄 발행 / 2022년 10월 11일

지은이 / 곽재구
펴낸이 / 강일우
책임편집 / 이하나
펴낸곳 / (주)창비
등록 / 1986년 8월 5일 제85호
주소 / 10881 경기도 파주시 회동길 184
전화 / 031-955-3333
팩시밀리 / 영업 031-955-3399 편집 031-955-3400
홈페이지 / www.changbi.com
전자우편 / lit@changbi.com